LES PARFUMS DE LA FAMILLE

PAR

ABEL JANNET.

PARIS.

JULES TARIDE, LIBRAIRE-EDITEUR
Galerie de l'Odéon 5 à 7

MDCCCLIX

Impie Lithie Maignant, Angoulême

LES PARFUMS

DE LA FAMILLE

LES

PARFUMS

DE LA FAMILLE

PAR

ABEL JANNET

PARIS

JULES TARIDE, LIBRAIRE-ÉDITEUR

Galerie de l'Odéon, 5 à 7.

MDCCCLIX

A MA MÈRE.

Mère, ils sont purs et vrais les baisers que tu donnes :
Car le calcul n'a pas réchauffé leur froideur ;
Ils ne sont pas tremblants ainsi que les aumônes
Que demande l'Amour au front de la Pudeur.
Ils n'ont ni les désirs, ni la honte des fièvres ;
Dieu, qui les a mûris, les suspend à tes lèvres.

Ah je voudrais pouvoir en vivre ! Je voudrais,
A l'arbre de ton cœur pour toujours me suspendre :
Ses fruits ne cachent pas l'amertume et la cendre ;
Ils ne précèdent pas le vide des regrets.
Et lorsque la douleur en moi me fait descendre
Loin de toi ; je me prends à soupirer après.

Le ciel pèse plus lourd sur un sol qui m'altère;
La fatigue est ici, mais la manne est là-bas.
Les êtres, qu'on appelle, hélas! n'entendent pas
Depuis que l'Égoïsme a soufflé sur la terre :
Aussi je cherche encor les seins de ton amour
Pour appuyer mon front, qui s'éclaire à ton jour.

Heureux le nourrisson! il ne connaît au monde
Que la mamelle, où boit son désir satisfait;
Ses yeux ne savent pas si la haine est profonde,
Si les cœurs généreux n'ont rien qui leur réponde,
Si la Laideur est noire, et si rien n'est parfait;
Il jouit du ciel bleu, dont il est le reflet.

Mais la flamme souvent succède à l'étincelle,
Et notre minute est plus longue que l'éclair.
Dieu souffle sur la vie, et sa lampe éternelle
Sait, que pour briller vite, elle en a plus souffert. —
Nous qui n'avons souci de ceux éteints d'hier,
Pouvons-nous supposer notre idée immortelle ?

La seule chose sûre est l'amour éprouvé.
A quoi sert de se dire, après avoir rêvé :
Le feu de mon cerveau fait un peu de fumée,
J'ai beaucoup d'ennemis, mais j'ai renommée,

Mon front à dominer les fronts est arrivé,
C'est de grandes douleurs que ma gloire est formée.

Pourquoi ces vanités dont nous nous aveuglons?
Les plus fiers sont payés de plus d'indifférence.
Faut-il, pour être heureux, qu'on jappe à nos talons?
Non, mère! mais il faut le calme et le silence. —
Cela tu le disais, en regardant mon sort;
Je sens, de plus en plus, que tu n'avais pas tort.

L'imprudent nautonnier, quand l'orage s'élève,
Gémit de se trouver au cœur de l'Océan;
Mais la route est tracée, il faut bien qu'il l'achève
Ou qu'il brise son front aux portes du néant.
Nautonniers, forts ou non, font presque tous naufrage;
L'abîme ou les dévore, ou les rend à la plage.

Et trouvent-ils des cœurs prêts à les recevoir
Tous ces esprits rendus aux réalités vides?
Non : leur ciel s'est calmé sans cesser d'être noir;
Personne ne répond à leurs désirs avides.
Ils s'affaissent, et seuls fatigués de souffrir,
La tête dans les mains, ils se laissent mourir.

Lutteur, quelle que soit la vague qui me pousse,

Je n'aurai qu'à bénir Dieu, qui ne voudra pas
Empêcher ton amour de me tendre les bras. —
Le mien qui n'a souvent que ton image douce,
Avec ce trésor-là ne craint point que le Mal
Sur ses nobles élans pèse d'un poids fatal.

UNE PROCESSION D'ENFANTS.

Chérubins, dont la figure
Est si pure
Grâce aux soins de vos mamans,
Pourquoi marchez-vous en file
Dans la ville
Avec des drapeaux flottants?

Allez-vous chez le vieux maître
Lui remettre
Un compliment préparé ?
Lui portez-vous pour ses peines
Des étrennes
Comme au jour tant désiré ?

— Nous n'allons point à l'école ;
Notre rôle

N'a pas ce soir pour témoin
Le mentor, cœur de gendarme,
Qui nous arme
De deux cornes dans un coin.

— Allez-vous donc en phalanges,
Petits anges,
Au-devant des ennemis?
— Nous n'allons point à la guerre:
Car sur terre
Tous les enfants sont amis.

Nous allons dans la demeure
De qui pleure
Les turpitudes du jour;
On nous a dit que ce monde,
Eau profonde,
Dormait, sans reflet d'amour.

On nous a dit qu'en un fleuve,
Où s'abreuve
Le méchant peuple Chinois,
On noyait nos petits frères,
Dont les pères
Ne craignent ni Dieu, ni lois.

On nous a dit que des mères
Etrangères
Osaient ravir aux berceaux
Ceux chez qui Dieu, qui s'admire,
Se fait lire,
Pour les jeter aux pourceaux.

Mais on nous a dit qu'un homme,
Blanchi comme
Le vieillard qui nous bénit,
Sauve avec quelques centimes
Des victimes
Du fleuve ou du porc maudit.

Et nous apportons l'offrande,
Que demande
Cet envoyé du bon Dieu.
C'est nous priver de pralines;
Les tartines
Les remplaceront un peu.

— Allez, enfants! votre obole
Nous console
Des mauvais riches du jour.
Dieu lui-même nous rembourse,

Et sa bourse
Est sans fond, comme l'amour.

Il compte notre monnaie
Et la paie
Au centuple tôt ou tard,
Gardant au cœur qui se noie
Sous la soie
Sa verge de Balthazar.

Ah! ma cohorte ingénue,
Que ta vue
Aujourd'hui me fait de bien!
J'ai besoin de toi pour croire :
L'illusoire
Commence à ne m'être rien.

De trop d'amour ou de haine,
Souvent pleine,
Mon âme veut déborder;
Aujourd'hui Dieu la renverse,
Et me verse
Ce qu'il faut pour bien aimer.

LE FAUCHEUR

A Mme E. G...

Un homme, aux robustes épaules,
Aux bras nerveux, au teint bruni
Dans un grand pré, bordé de saules,
Fauche sous le coup de midi ;
Et la sueur en perles blanches
Depuis l'aube, immense réveil,
Tombe de son front sur ses manches
Moites en dépit du soleil.

Sa faulx, déjà toute émoussée,
Dans ses demi-cercles tout bas
Semble plaindre l'herbe entassée,
Qui sous elle pâlit hélas !
Poussant un cri sur chaque pierre
Mise dans son chemin de mort,
Pour s'en retourner en arrière
Elle essaie en vain un effort.

Mais son infatigable maître,
Que regarde un gars de quinze ans

En apprenti, qui veut connaître
Tous les rudes travaux des champs,
La pousse, la pousse sans cesse
Avec un sourire orgueilleux,
Où l'on démêle la tendresse
D'un cœur jeune dans un corps vieux.

Soudain il détourne la tête,
Se sentant saisir par le bras ;
C'est le curieux qui l'arrête :
— Comment père ! tu n'es pas las ?
— Non. — Mais alors dans le village
Et dans le monde entier, ma foi !
On ne trouverait pas, je gage,
De faucheur plus adroit que toi.

Oh si ! répart d'un ton modeste
Le père, en s'essuyant le front,
J'en connais un; son bras funeste
Presque jamais ne s'interrompt.
Il fut toujours le plus habile
Et le plus fort des moissonneurs ;
Et l'Enfer, qui le trouve utile,
Lui paie en plaisir ses labeurs.

Il a des hommes pour brins d'herbe

Qui tombent sous ses coups certains.
La Mort, près de lui, fait sa gerbe,
Avec des cœurs à pleines mains :
Aussi, — mon cher enfant candide, —
Ce destructeur encouragé
Sourit-il à l'immense vide
Qu'il fait sur le sol ravagé.

Et l'univers est sa prairie,
Le cœur pur la pierre a sa faulx.
La nature, qu'il a flétrie,
Sait qu'il garde encor bien des maux ;
Et qu'il ne finira sa tâche
Qu'au dernier jour du jugement.
— Pour le fuir, père, ah ! que je sache
Son nom ! — Le Vice, mon enfant.

———

NICHÉE DE PETITES FILLES.

A M. ET Mme M — M...

Maîtresse, au cœur d'or,
De notre trésor
Gardienne,
Qui ne comptez pas
L'ennui, le tracas,
La peine.

Depuis ce matin
Tout ange mutin
Est sage :
C'est qu'il est jeudi,
Ouvrez aujourd'hui
La cage.

Ouvrez ! Les enfants
N'aiment pas longtemps
Leur geôle. —
Pour jusqu'à demain
Le charmant essaim
S'envole.

Partez, mes oiseaux!
Allez! les ruisseaux
Babillent;
Les buissons crochus
Et les arbres nus
S'habillent.

Mai sourit, courez
Dansez dans les prés!
La plaine
S'égaie avec vous,
Et de rayons doux
Est pleine.

L'oiseau curieux
Pour vous parler mieux
Se penche,
Et pour être vu
Choisit, tout ému,
Sa branche.

L'insecte amoureux
A vos plis soyeux
S'attache;

Le crapaud, jaloux,
Dans le fond des trous
S'en cache.

Dieu dans son jardin
Regarde, et veut bien
Qu'on glane;
Mais pas le bouton;
Voyez! la moisson
Se fane.

Ne prenez, mes Fleurs,
Que vos grandes sœurs
Dans l'herbe;
La faucheuse Mort
Vous mettrait d'abord
En gerbe.

Vous êtes, boutons
Cœurs sans passions
Encore,
Les roses de Dieu,
Et d'un jour de feu
L'aurore.

Vous êtes le lait
Que boit, satisfait,
Chaque ange;
Le vague Désir
Que ne peut saisir
La fange.

Vous êtes de l'eau
Qui dort, cristal beau,
L'image :
On voit dans le fond,
Qui — trouble et profond —
Suit l'âge.

L'âme, papillon,
Au premier vallon
Se pose;
Et dans ses amours,
Préfère toujours
La rose.

C'est pourquoi sur vous
La mienne, agneaux doux!
S'arrête,

Triste comme un chien,
Et peut-être bien
Plus bête.

VŒU STÉRILE.

Front qui m'éclaire,
Disait une veuve à son fils,
Je n'ai plus que toi, pauvre mère !
Mais tu suffis.

Aussi demeure,
Demeure auprès de moi toujours,
Doux lierre à la vigne, qui pleure,
Suspend tes-jours.

L'homme est un cierge :
Il sort intact des mains de Dieu ;
La Passion, qui le prend vierge,
Y met le feu.

Et flamme et cire,
Qui s'exposent aux vents fougueux,

Sur le flambeau qui les attire
Fondent tous deux.

Courte est leur vie :
C'est l'étoile du soir, filant
Avant que la nuit soit finie,
Dans le néant.

Sois ma lumière,
Et jusqu'à l'aube du tombeau
Chère âme, reste prisonnière
A mon anneau !

Oui, sois ma joie
Jusqu'à ce que je sois ton deuil !
Qu'enfin ta main livre sa proie
A mon cercueil.

Mère abusée,
Tu ne sais pas qu'un autre cœur
Tout bas à cette âme embrâsée
Parle en vainqueur.

Ton jour s'achève,
Et pourtant il te manquera

Cette chimère de ton rêve ;
L'enfant fuiera.

C'est sur la pierre
De ton dernier lit, froid et noir,
Que sa douleur et sa prière
Viendront s'asseoir.

LA MARATRE

A Mme L. C...

La jeune mère est séduisante,
Mais elle est bien cruelle, allez !
Elle ouvre sa gorge, et présente
L'un de ses deux beaux seins gonflés.

Puis elle agace d'un sourire
L'enfant blond, dont les doigts rosés
Sur cette source, qui soupire,
Pour mieux boire se sont posés.

Mais la méchante, qui s'amuse
A faire pleurer le marmot,
Rit de son désir, qu'elle abuse
Et trompe sa lèvre aussitôt.

. . . .

L'Espérance, c'est la marâtre,
Et l'homme est l'enfant altéré :
Il a mordu son sein d'albâtre,
Il a souffert, il a pleuré.

Et pourtant de cette nourrice,
Qu'il a rarement su toucher,
Cet éperdu, toujours novice,
N'a jamais pu se détacher.

SAINT-AUSONE.

FAÇADE.

Près d'Angoulême existe
Une église, à l'abord
Plus triste
Que la face d'un mort.

Vieux peintre à la détrempe,
Le Temps, ami du beau,
Qui trempe
Sans cesse son pinceau

A creusé des empreintes
Avec ses ongles durs ;
Ses teintes
Sont sur l'enduit des murs.

Travail opiniâtre :
Il a mis plus d'un ton
Grisâtre
Sur son mat blanc de plomb.

La foule, qui se trouve
Le dimanche alentour,
N'éprouve
Pour elle aucun amour.

L'étranger seul regarde,
Pensif, ce monument
Qui garde
Humble, un air imposant.

Quelle est cette ruine
Dit-il, est-ce un tombeau
Que mine
La pluie, au sûr marteau?

— C'est Saint-Ausone, assise
En l'honneur d'un martyr
Qu'on prise
Pour sa pierre à bâtir. —

Vieille église modeste
Qui sembles te cacher,
Qu'atteste
Ta robe sans clocher?

Hélas! que rien ne dure,

Que la pierre serait
Plus dure,
Le temps la rongerait.

A ta façade, ouverte
La lézarde prédit
Ta perte,
Que l'architecte écrit.

Victime, ils te soutiennent
Avec leurs bras, étais
Qui tiennent
A tes deux flancs épais.

C'est un plus long martyre :
Car leur bois équarri
Déchire
Ton sein, déjà meurtri.

Ton roc est un calvaire,
Où l'on porte ses pas
Pour faire
Ce qu'à Dieu fit Judas.

L'homme, aujourd'hui sans culte,
Qui joint l'injure au mal,

T'insulte
Dans un oubli fatal.

D'épines que l'on ceigne
Ton vieux front incliné
Qui saigne ,
L'enfant rit en damné.

De tout ton corps en pluie
Le sang coule , et l'air seul
L'essuie. —
... Oh femmes ! un linceul ?

Et rien ! — rien que l'éponge :
Magdeleine en nos temps
Ne songe
Qu'à ses quatre volants.

Tu meurs, on t'abandonne ;
Pas un cri ! pas un pleur !
Pardonne :
La chair éteint le cœur.

Seul , je baise ta plaie
Chère sainte, qu'on met
Sur claie !
Et te donne un regret.

INTÉRIEUR.

Avant ta sépulture,
Lorsqu'on prend du cercueil
Mesure
Je viens franchir ton seuil.

En toi comme il fait sombre !
Quel pauvre intérieur !
Tant d'ombre
Et si peu de lueur.

L'eau dans ta triste enceinte,
Où tout s'est enlaidi,
Suinte
Sur ton plâtre verdi.

Personne... le silence...
Pour regarder ton nu
J'avance
Comme un ami connu.

— Et voilà que je tremble :
Car ton Christ seul est là
Qui semble
Maudire qui douta.

Souvent je te compare
Eglise, au cœur humain
Que pare
Un enduit toujours vain.

La foule en sa jeunesse,
Belle d'illusions,
S'y presse :
Ce sont les passions.

Amour, espoir, envie
Viennent le visiter ;
La vie
A voulu l'habiter.

Tout est beau : Christ, gravures,
Chaire, voûte, autel, chœur,
Peintures ;
Tout est foi, tout ardeur.

Mais — destinée affreuse ! —
L'âge vient ; sans efforts
Il creuse
Le crépi du dehors.

Voici l'indifférence ;
Le jour tombe, et la nuit

S'avance ;
Pour toujours chacun fuit.

Un seul fidèle reste,
C'est le froid Sentiment,
Au geste
Timide et chancelant.

Voyez : dehors la ride,
Dedans, où l'on a peur,
Le vide,
Funeste précurseur.

RÉSURRECTION.

Ça ! bourreaux, que l'on roule
Des blocs sur ce cercueil ?
La foule
A déjà pris le deuil,

Elle attend, anxieuse,
La résurrection ;
Rêveuse
Depuis votre action.

Vos jours sont des années,
Juifs, âmes de bourgeois
Damnées!
En attendrez-vous trois?

LA PEUREUSE.

Froide fille,
Mai t'habille
Terre! et l'avide soleil
Sans attendre
Vient te prendre
Un baiser chaud et vermeil.

Sur la robe,
Qui dérobe
La laideur de ton corps gris,
Vois les hommes,
Fiers atômes,
Grimper comme des fourmis!

Saison belle
Dis, que celle
Des couleurs et des parfums!

Les charmilles
Et les filles
Parlent d'amours blonds et bruns.

Plus de pâtres !
Les folâtres
Sont maîtresses des prés verts;
L'herbe ploie
Sous la soie,
Et Dieu donne ses concerts.

Sur les branches
Les voix franches
De ses ténors généreux
Font des gammes,
Que les âmes
Se répètent, deux à deux.

Si la ville
Est tranquille,
C'est qu'au théâtre en pleins champs
Les sévères
Cœurs de mères
Ont poussé tous les enfants.

Et Marie
Saute, et crie
Plus que tout lutin heureux;
Le Caprice
Lui déplisse
Les désirs et les cheveux ;

Leur pli flotte.
Tout dénote
La liberté du hasard.
— Cette folle
Partout frôle
La mousse, où dort le lézard.

Les fauvettes
Inquiètes
Au front des arbres touffus
Se suspendent,
Et demandent
Si leurs petits sont perdus.

Mais Marie,
Leur amie,
Les rassure, en les fuyant;
Sa main cueille

Fleur et feuille
De buisson noir verdoyant.

A l'épine
La peau fine
S'accroche bien quelquefois;
Mais, pressée,
L'insensée
Ne sent plus ses petits doigts.

Tête blonde. —
Comme l'onde
Son front tremble au moindre vent;
L'effroi joue
Dans la roue
De son cœur à tout moment.

Dans la haie
Elle effraie,
A son tour, l'esprit trompeur
Des reptiles
Et des psylles;
La peur fuit devant la peur.

Mais, plus pâle
Que l'opale,

Regardez frémir l'enfant?
La charmante
Imprudente
A marché sur un serpent.

Le sang vite
Précipite
Sa course du front au cœur,
Et la veine,
Bleue et pleine,
Fuit sous les doigts de la Peur.

L'œil hésite
Dans l'orbite
Qui s'agrandit de moitié.
La statue
Semble, émue,
D'herbe avoir le pied lié. —

Plus tranquille
Le reptile
Jusqu'à son trou rampe enfin,
Et, rêveuse,
La peureuse
Reprend après son chemin.

Dans la vie
Va, Marie
Tu verras d'autres serpents !
Il t'importe
D'être forte
A ces dangereux moments.

L'Innocence
Calme avance,
Ils glissent épouvantés :
Dieu rassure
L'âme pure;
La laideur craint les beautés.

BUSTE D'ENFANT.

Critique! un tableau tout frais de famille :
Le père est debout, ivre de bonheur,
Ça! dit-il, marmot, qu'on te déshabille
Et te mette au lit, mon petit dormeur ?
Puis sur ses genoux la charmante mère
Place avec amour l'enfant, qui sourit;
Lui défait sa robe, et joyeuse dit:
Ah! que c'est gentil de me laisser faire.

Au foyer nouveau d'aimables époux,
Quand le cœur est las, s'asseoir est bien doux.

Le blond chérubin près du feu, qui flambe,
N'est pas tout-à-fait nu comme un Saint-Jean,
Il a sa chemise. — Avance la jambe,
Mon petit chéri, pour plaire à maman?
Ton épaule est là, nue et grassouillette;
Et ce satin blanc rougit au baiser
Que ma lèvre heureuse aime à déposer.
Embrasse à ton tour, et fais la risette?

Au foyer nouveau d'aimables époux,
Quand le cœur est las, s'asseoir est bien doux.

Cet ange bouffi, comme en fit Corrège,
A des cheveux d'or et des yeux d'azur;
Le rosé des chairs se fond dans leur neige;
C'est le coloris de Dieu le plus pur.
Son regard traduit son âme innocente,
Page blanche encore, où la Passion
Ecriera plus tard son noir feuilleton;
Et que Dieu remplit durant cette attente.

Au foyer nouveau d'aimables époux,
Quand le cœur est las, s'asseoir est bien doux.

LA VIPÈRE.

Tête frisée,
 Œil bleu
Où la pensée
 Dit peu.

Mère petite
 Veut pas
Qu'ainsi l'on quitte
 Son bras.

— Les ennuyeuses
 Mamans,
Qui sont peureuses
 Aux champs !

— Voyons, ma Berthe,
 Suis-moi !
J'ai peur, oui certe,
 Pour toi.

— Petite mère
 A tort
De me déplaire
 D'abord.

— Ainsi, mutine,
Tu fuis !
Et plus chagrine
Je suis.

—Sous ce gros frêne
Viens voir !
Je vais sans gêne
M'asseoir.

Son doux feuillage
Epais
Donne un ombrage
Si frais !

Au tapis d'herbe
D'ailleurs
On fait sa gerbe
De fleurs.

Assise à peine,
L'enfant
Court, se démène,
Criant.

Voyez-la tordre
Ses bras !
Qui l'a pu mordre
Hélas ?

C'est la vipère
Qui dort

Dessous la terre,
Et sort. —

Tu viens, Jeunesse,
T'asseoir
Sur l'herbe épaisse,
Sans voir

Une vipère,
Hideur
Glissant derrière
Ton cœur.

Ah ! prends donc garde
Front pur !
Le Mal regarde,
Bien sûr. —

Arbre de vie
Si doux :
Fraîcheur ravie
A tous,

Tu sais quel nombre
D'émus
Furent dans l'ombre
Mordus !

Et l'âme aimante
Surtout,

Qui, confiante
En tout,

Sur une autre âme
Posa,
Mais que l'infâme
Tua. —

Plaignons l'épreuve
De Dieu
Sur la chair veuve
Du feu.

Et sur la tombe
Des cœurs
Souffrants ! qu'il tombe
Des pleurs.

Car pour qu'on plaigne
Ainsi,
Il faut qu'on saigne
Aussi.

—

L'ANGE ENVOLÉ.

A. J. B...

Il est parti, n'ayant mis qu'un pied sur nos branches,
Nos chemins auraient pu salir ses ailes blanches.
Il n'a pas voulu vivre, ange, où l'on vit si peu
Pour aller respirer l'air que respire Dieu.

C'était un blond enfant, qu'on voyait les dimanches
Prier près de sa mère, œil limpide, cœur nu.
—Son nom? — Qu'importe, ami: tu ne l'as pas connu;
Il est parti, n'ayant mis qu'un pied sur nos branches.

La Mort cueille pour Dieu la rose et le bouton,
Les hommes, les enfants, la femme et les pervenches;
Ne la blâmons donc pas d'avoir pris l'ange blond :
Nos chemins auraient pu salir ses ailes blanches.

Il n'a pas voulu vivre, ange, où l'on vit si peu;
Ce penser-là soutient sa mère, qui succombe
Et demande à son tour de passer par la tombe
Pour aller respirer l'air que respire Dieu.

A UNE MÈRE.

Ce malheur m'a touché moins que vous, je l'avoue,
Car je n'ai qu'une fois sur sa petite joue
Déposé mon baiser d'étranger en passant;
C'était peu, mais assez : car le poète sent.
Si j'ai trouvé parfois dans sa douce boutade
Une distraction pour mon âme malade,
Si j'ai vu son sourire, et senti sur mon cou
De ses petits bras nus l'épiderme plus mou,
Cela suffit, allez! pour que je me souvienne,
Et que j'apporte un peu de force qui soutienne.
Ne pleurez plus : — si l'ange hier s'est envolé,
Ce n'est que pour rester toujours immaculé.

SEUL.

La cathédrale
Du cadran de son clocher vieux
A la poitrine sépulcrale,
Rend huit sons creux.

La mer humaine
Déborde au seuil des magasins,
Qui d'acheteurs, richesse vaine,
Sont déjà pleins.

Sous leurs perruques,
Les Laideurs, pour mieux réussir
Dans leurs espérances caduques,
Viennent choisir.

Et dans les rues
Pour embrasser quelques fronts purs,
Le Vice aux babines fendues
Longe les murs.

Moi seul je reste
Dans mon cinquième, oiseau rêveur,
N'ayant pas un sou dans ma veste,
Tout dans mon cœur.

A L'AME DE MON PÈRE.

Mes yeux se sont fermés à voir tant de laideurs,
Et mes illusions, regrettables colombes,
Ont déserté leur nid que couvent les douleurs.
Le froid dès le matin gela mes pauvres fleurs :
Aussi vais-je parfois causer avec les tombes.

Et chaque fois je songe à toi, père étendu
Sur la couche de terre où je suis attendu.

Ton passé devant lui fait asseoir ma pensée ;
Tu parles, je ne trouve, en mon silence ému,
Que le triste regret d'une âme fatiguée.

Je voudrais bien ravoir mon cœur de dix-huit ans,
Qui s'en va, feuille à feuille, au souffle des passants;
Père ! je voudrais bien moi, qui pour rien m'indigne,
Comme toi rester bon; et jusqu'aux cheveux blancs
Si je suis toujours pauvre, être aussi toujours digne.

Reste dans ma pensée, héritage sacré !
Souvenir dans lequel je retrouve la force. —
Tu sais bien qu'avec lui je vais plus rassuré ,
Toi qui sens de là-haut, ô père vénéré !
L'arbre humide de pleurs sous l'impassible écorce.

JEUNES ÉPOUX

A M. et Mme J. B.

L'amour pur, mais défiant,
Quand vient l'aube
Se dérobe,
Et d'un pas calme et traînant
Suit la haie,
Blanche et gaie.

Ils ont, ces jeunes époux,
Bouches closes,
Tant de choses
A se dire en regards doux !
Leur œil tendre
Sait s'entendre.

Ils s'asseyent sans importun
Sur la mousse
Jaune et douce,
Au pied d'un chêne au corps brun ;
Et sans chaise
Sont à l'aise.

Les voilà tous deux causant.
Là, sans doute,
Nul n'écoute

Ont-ils dit en s'arrêtant.
O stupides
Cœurs timides !

Vous vous croyez sans témoin,
Quand sur branche
On se penche,
Quand Dieu vient d'ouvrir plus loin
Sa croisée
Azurée ;

Et quand le Zéphir ému
Vous caresse,
Et paresse
Dans le vieux chêne touffu
Dont la feuille
Vous accueille.

C'est bien la peine, ma foi !
De nous faire
Un mystère,
De ce qu'on a clair en soi.
Têtes folles !
Vos paroles,

Les oiseaux nous les mettront
En musique
Sympathique ;
Et les arbres nous diront
Vos pensées,
Si cachées.

Rentrez donc à la maison,
Où l'on s'aime
Tout de même !
Le cœur froid de la Raison
Sans répondre
Saura fondre.

Surtout n'allez pas rougir
De vos flammes,
Chastes âmes !
C'est toujours de mal agir
Que doit craindre
Qui sait feindre.

L'AIEULE.

Tout dort, et seul un front de femme,
Que la douleur a su rayer,
Se dessine encore à la flamme,
Penché calme sur le foyer.

Est-ce une fée à la quenouille,
Que son œil ne s'est pas lassé
Depuis cinq heures qu'elle mouille
Le blond chanvre en fils ramassé ?

C'est la grand'mère, qui sans cesse
Entre ses deux gros doigts calleux,

Comme au temps frais de la jeunesse,
Tourne un fuseau, suivi des yeux.

Mais voilà qu'une autre ridée,
La Peur au regard incertain,
En tremblant de la cheminée
Descend, et lui parle soudain :

Pourquoi travailler à cette heure
Vieille, qui n'as aucun espoir,
Quand les jeunes dans ta demeure
Se sont endormis dès le soir ?

Tu prépares la toile rousse
Que porteront d'autres en deuil ;
Veux-tu, toi que le destin pousse,
Filer les draps de ton cercueil ?

Ces frais, est-ce à toi de les faire ?
Pour qui tes veilles et ton lin ?
Au lieu de payer ton suaire,
Va reposer jusqu'à demain !

— Je file pour la jeune épouse
Qui dira : merci, grand'maman !
La mort égoïste et jalouse
C'est le sarcasme de satan.

Je file pour l'enfant à naître,
Pour les doux berceaux, pour les lits

Et pour ensevelir peut-être
Le petit-fils du petit-fils.

Et si mon vieux corps se prodigue
A ce travail pour moi sans fruit,
J'oublie en pensant la fatigue,
Et je veux y passer la nuit.

SECOND CHANT DU ROSSIGNOL.

Le Ciel ouvert s'étoile, et cet immense livre
Dont Dieu foule le dos,
Présente au cœur de tous ceux qui se sentent vivre
D'intelligibles mots.

Oh qu'il est doux! qu'il est doux
D'avoir cinq petits sous les ailes !
Et tant de romances nouvelles
Dans votre voix et dans vos goûts.

Le silence
Se balance
Dans les bras lassés du Zéphir ;
Je puis chanter, je puis bénir.

Quand vient l'heure, l'heure
De dormir,

Où l'on meure, meure
Sans mourir,

De voir gentille
Tant de famille
On est ému. —
Voyons, têtu!
Te taieras-tu?

Enfin toute la nichée
Dort cachée,
Sur sa branche on peut aller
Préluder :

D'étoiles fines
Qui vient d'enrichir son tapis,
Pour s'expliquer, or en lettrines
Sur fond lapis ?

De sa couronne
Qui nous cache le diamant,
Dont la splendeur ailleurs rayonne
En ce moment ?

C'est le grand juste,
Dont s'entretiennent le ruisseau
Et le hanneton dans l'arbuste,
Près de l'oiseau.

Moi, qui crois, lorsque je commence
Une romance,

J'en parle, en regardant les nids
Et les petits.

Confiant, sur leur tête vermeille
Je sais qu'il veille ;
Et qu'il se glissera toujours
Dans mes amours.

Et puisque rien ne me menace,
Ma voix plus lasse
Jusqu'au lendemain va tenter
De l'exalter.

Mais c'est l'heure, l'heure
De dormir,
Où l'on meure, meure
Sans mourir.

Mon œil, qui se ferme,
Sent qu'il est un terme
Au vœu le plus ferme ;
Mon corps est si las,
Que je vais m'étendre.
O famille tendre,
Qui n'a pu m'attendre,
Ne t'éveille pas !

QUAND J'ÉTAIS PETIT.

A M. P...

Du temps de mon enfance folle
Ma mère disait le matin,
En me renvoyant à l'école :
Sois donc sage aujourd'hui, lutin !

Moi, tout en lorgnant les cerises
Qu'elle avait dans son tablier,
Avant que sa main les eût mises
Au fond de mon petit panier,

Je lui répondais : sois tranquille !
Et je la quittais tout joyeux.
L'amour me trouvant si docile,
L'espoir suivait longtemps des yeux.

Hélas ! j'oubliais ma promesse
Plus vite que je la donnais;
Et, déchargé de sa tendresse,
Léger dans les prés je courais.

Le vent peignait ma tête blonde,
Le soleil brunissait ma peau.

Comme une cane vagabonde
J'allais me jeter vite à l'eau.

Mais dans le sein de la Charente
Après avoir plongé vingt fois,
Ma course d'oiseleur plus lente
Se dirigeait vers les grands bois.

Dans la haie, où pond la fauvette,
Serpent qui rampe autour des nids,
Je passais les mains et la tête
Pour prendre ses pauvres petits.

Et mon avidité cruelle,
Insensible à son lamento,
Ne voyait pas trembler son aile
Et son cri n'avait point d'écho.

Ah ! chaque fois que la souffrance
M'a prouvé que je valais peu,
J'en ai, courbé sous l'indulgence,
Demandé pardon au bon Dieu.

Dans les peupliers, plein d'audace,
Je grimpais, et ma main brisait
L'antre, chaud d'amour, de l'agace
Qu'un mur d'épines défendait.

Triomphant sur leur frêle tête,
Que le vent fougueux balançait,

En moi je sentais une fête :
J'avais cinq œufs dans mon gilet.

A vingt mètres de leurs racines,
D'un tronc à l'autre l'on m'a vu
Sauter ; — de sincères poitrines
Plus que la mienne en ont battu.

Comme un coupable, qui recule
Honteux d'avoir perdu son jour,
Je ne rentrais qu'au crépuscule
Quand mon père était de retour ;

Et sur le front de qui je pleure,
Hâlé par les feux du soleil,
Pour le délasser en cette heure
Je posais un baiser vermeil.

Eh bien ! mon bâton de vieillesse
Disait-il, as-tu travaillé?
Oui ! oui ! faisais-je avec adresse,
Père, j'ai bien étudié.

LES YEUX DE L'AME.

L'aube et le couchant se donnaient la main.
J'ai, le cœur ému, trouvé ce matin
Une mère aveugle, une jeune fille,
L'une vénérable et l'autre gentille,
Qui se promenaient dans le grand jardin :
L'aube et le couchant se donnaient la main.

Dieu lit couramment dans toutes les âmes.
L'une se taisait, l'autre rougissait.—
Quel est donc le rêve alors qui passait
Dans ces deux fronts purs et nobles de femmes?
L'homme ne peut pas au grand alphabet
Lire couramment dans toutes les âmes.

Elles ont marché jusqu'au banc prochain,
Et pour écouter je les ai suivies
Derrière la haie, au bord du chemin :
Les curieux ont ainsi des envies !
Voici ce qu'a dit, la main dans la main,
La mère à l'enfant sur le banc prochain :

Je sais voir en toi comme dans un livre
Et ton cœur a tort d'avoir des secrets,
Malgré toi, vois-tu, je les connaîtrais.
Si c'est de l'amour, je saurai te suivre.

— Oui c'en est. — Tu vois! je le déchiffrais :
Je sais voir en toi comme dans un livre.

Je connais à fond ce poëme-là.
S'il est pur et vrai, va! je le pardonne;
Mais à l'esprit mûr qui le dévoila,
Moins timide, il faut que l'on s'abandonne!
Dans un sentier sûr il vous conduira :
Il connaît à fond ce poëme-là.

L'ESPRIT DES MÈRES.

A V. B.....

Le désir est souvent un ennemi qui ronge,
Et rend, en les pressant, nos cœurs comme une éponge;
L'homme dans l'existence avance sombre ou gai.
Dès son midi souvent il se sent fatigué;
Et de là le vertige, aimant du dernier gouffre :
Nous voulons nous asseoir sur le bord du chemin
Notre ennemi nous pousse et nous dit : à demain.
Le demain c'est la tombe; et toujours l'esprit souffre.

Qui rit des pleurs cachés, ruisseaux coulant en nous?
Le mal; et l'injustice est au bout des dégoûts :

Notre amour croit qu'il n'a nul écho qui réponde...
Aveuglés ! pauvres sourds ! la montagne profonde
A des tressaillements, et notre mère est là.
Notre front s'est cogné contre son angle aride;
Le coup nous a meurtris, l'erreur a fait son vide
Et le cœur ne voit rien de ce qui l'aveugla.

De quel droit faisons-nous à présent un reproche ?
Insensés ! en frappant sur cette abrupte roche
N'avons-nous pas cent fois fait jaillir des ruisseaux
Pour notre lèvre avide et nos pieds en lambeaux;
Ne naît-il plus de fleurs au flanc de la montagne,
Et ne trouvons-nous pas l'antre de sûreté
Quand la fatigue ou bien quand l'orage nous gagne
Sous le front triste et gris de cette aridité ?

Lorsque nous nous plaignons, le roc pleure en silence.
Nous sommes des ingrats que le bonheur endort;
Les mères ont raison et les enfants ont tort.
Mettons donc les amours un peu dans la balance !
Mais l'épreuve ne peut plaire à notre démence... —
Ah je sens que votre âme, ô mères ! est immense
Et je voudrais verser sur ses maux entr'ouverts
Ce qu'en larmes d'amour on peut pleurer de vers.

LES GRAVES COMPAGNES.

I.

Deux femmes, se donnant presque toujours la main,
Passent sans regarder les piéges de la vie ;
Saluez, jeunes gens, leur calme souverain !
Le bonheur les suit, loin de la boiteuse Envie.

Quand la Douleur se tord, en se mordant le sein,
Et cherche vainement la mort dans une orgie,
Le foyer, pur et doux, à son banquet convie
Deux femmes, se donnant presque toujours la main.

Le Désir à l'œil rouge est là, qui les épie ;
Et la famille éparse, il veut corrompre en vain
Ses membres dispersés qui, l'esprit calme et sain,
Passent sans regarder les piéges de la vie.

Lorsque vous rencontrez ces femmes au cœur plein,
Qui couvrent leur vigueur d'une ample draperie
Et n'ont jamais ouvert une gorge flétrie,
Saluez, jeunes gens, leur calme souverain !

On rit d'elles... Pitié ! leur route est peu suivie.
Que leur préfère-t-on ? Un hypocrite, un nain,
Un aveugle ! et pourtant, plus durable et certain,
Le bonheur les suit, loin de la boiteuse Envie.

Nous avons presque tous quitté le vrai chemin.
Notre âme ou notre corps te paie en maladie,
Sombre dévastatrice, ô Volupté hardie !
Qui pourra désormais sauver le genre humain ?
Deux femmes.

II.

Et c'est vous Tempérance et Santé, beautés fortes
Qui restez au milieu des religions mortes,
Debout, consolant l'homme et la société
Et tendant votre épaule à leur caducité.
Car vos torses d'acier n'ont point ployé sur terre,
Sous le lourd poids du Ciel, comme Atlas a dû faire ;
Car, tendus et raidis, les muscles de vos bras
Ont su lancer à Dieu l'homme, saisi d'en bas ;
Et vous tenez toujours au bord du dernier gouffre
Dans vos poignets d'airain le vieux monde, qui souffre.
— Vous avez vu comment des plaisirs ennemis

Prenaient dès le matin nos jours, entiers promis;
Vous avez vu tomber nos jeunesses fauchées,
Comme de pâles fleurs sur leurs tiges séchées.
Oh ne nous quittez pas, puissantes déités!
Le vertige et la mort sur nous se sont jetés.
Transfusez dans nos cœurs le sang pur de vos veines!
Réchauffez nos esprits à vos mamelles pleines!
Vous aurez avec vous des poètes émus,
Haussés dans le malheur de toutes vos vertus.

GÉNÉROSITÉ.

A Mme F. DE B...

La famille jouit, défiante égoïste,
D'un bonheur qu'elle serre entre ses bras raidis;
Et son amour a peur que l'œil du passant triste
Ne trouble, en regardant, son petit paradis.

C'est pour moi seulement, dit-elle, que j'existe,
Tant pis pour le malheur! pour le prochain tant pis!
Mais chez vous, mère heureuse, épouse aimée, artiste,
On raisonne autrement près des cœurs assombris.

Vous, qui de trois amours vous sentez entourée,
Ame plus généreuse avec plus de bonheur,
Vous cherchez à fermer la blessure cachée.

Hélas ! hélas ! l'entaille a trop de profondeur ;
Dieu seul peut la guérir. — Pourtant merci, madame,
De vous aventurer dans la nuit de mon âme.

FLEUR DU MATIN.

Dans l'échoppe, dans la mansarde,
Dans le malheur
On trouve, lorsqu'on s'y hasarde,
Plus d'une fleur.

Toi, qui des bras de la Débauche
Viens de sortir,
Et, honteux comme un voleur gauche,
Rentre dormir.

Quand brille une lampe vermeille
De grand matin,
Tu dis : c'est un ladre qui veille
Tard, c'est certain.

Tu te trompes, jeune homme, avance !
C'est une enfant,
Une ouvrière, qui devance
Le jour trop lent.

Regardes-tu piquer la moire
Entre ses doigts?

Au noble travail viens-tu croire
Dis, marbre ou bois ?

Non : c'est le front, pas l'auréole
Qui t'apparaît ;
Tu regardes la ronde épaule.
Ce qui te plaît

C'est la chevelure d'ébène
Tombant à flots
Et la douceur, qui se promène
Sur ce paros.

N'attends pas que cet ange lève
Son front penché,
Avant que son travail sans trève
Soit achevé.

Regarde, si cela t'étonne,
Un peu plus loin
Sur le vieux grabat de crétonne
Mis dans un coin,

Ce masque calme de la mère,
Qui toujours dort
D'un sommeil pur, qui semble en faire
Celui d'un mort.

La vierge ne se couche guère
Avant minuit,

Et pour elle aussi la première
L'aurore luit.

Pour que sa mère ait moins de peine
Et de souci,
Blanche sait toute la semaine
Agir ainsi.

Mais voici faiblir la jeunesse,
Et le sommeil
Saisit ses cils, et les lui presse
Sur l'œil vermeil.

Pendant ce temps l'autre Innocence
Avec amour
Doucement au travail avance,
Comme à son tour.

Et la vieille, la douce femme
Un bon moment
Debout semble respirer l'âme
De son enfant.

Groupe d'anges, grâce touchante,
Reste à poser !
Pourquoi si vite, mère aimante,
Prendre un baiser ?

Blanche s'éveille, c'est ta faute;
Et son regard

Te dit à présent, tête haute :
    Il est donc tard ?

Que faisais-tu, quand paresseuse
    Je sommeillais ?
A quoi tu lui réponds : dormeuse,
    Je m'enivrais.

C'est ainsi que dans la mansarde
    Et le malheur
On trouve, lorsqu'on s'y hasarde,
    Plus d'une fleur.

LE BERCEAU.

BALLADE DES MÈRES.

Le ménage est calme et doux ;
    Dieu regarde
    La mansarde,
Où travaillent les époux.

Les soupers sont toujours gais;
L'homme cause,
Et repose
Ses membres plus fatigués.

La jeune mère en rêvant;
S'il sommeille
Longtemps veille;
Car elle allaite un enfant.

Quand le repos doit venir,
Elle pose
L'ange rose,
Qui ne veut pas s'endormir.

Et près du joli berceau
Fait de perse,
Quelle berce,
On l'entend chanter : do, do.

Sa voix va s'affaiblissant,
Puis expire
En sourire
Sur le nid encor tremblant.

Sa main vient de le lâcher;
La berceuse,
Plus peureuse
N'ose à présent y toucher.

Mais l'amour rit du sommeil
Et sa lèvre,
— Douce fièvre !—
En rougit le front vermeil.

— Mère, il est plus de minuit
Prends donc garde !
Tiens, regarde !
La lune à tes carreaux luit.

Le jour lent pourrait venir,
Sur la couche
Où se couche
Ton mari, va-t-en dormir !

— Non, je ne puis reposer
Ame avide,
Encor vide
Sans prendre un dernier baiser.

J'ai soif d'amour, mon Jésus
Là m'enivre;
Je sens vivre
Ses petits membres tout nus.

— Ah! si ton cœur veut veiller,
Et sans cesse
Le caresse
Le Jésus va s'éveiller.

Les amours n'écoutent pas :
Cette mère
Désaltère
Le sien, qui n'est jamais las.

Mais le chérubin heureux
Dans un rêve
Se soulève,
En ouvrant un peu les yeux.

Ce qu'il croit voir devant lui,
Chose étrange!
C'est un ange
Dont le front a longtemps lui.

Il s'affaisse tout d'abord ;
Et l'heureuse
Curieuse
Se couche enfin et s'endort.

Le ménage est calme et doux ;
Dieu regarde
La mansarde ,
Où reposent les époux.

—

HÉLAS.

A. C... D...

Parnasse, où riaient les idées ,
Toutes tes nymphes sont ridées ;
Pégase suit les lourds chevaux
Des journaux.

Le singe, en grimaçant , s'admire ;
Apollon bâille, vend sa lyre

*Ou fait, fasciné par **Python**,*
Le plongeon.

Pendant que Melpomène expire,
Un portier éconduit Shakspeare,
Jugé par le talent chétif
Ou poussif.

Le nain triomphant, qui copie,
Trouve le gigantesque impie;
Mais cependant il l'emploierait
En secret.

Des mains jeunes, pourtant caduques,
Secouent la poudre des perruques.
Les merles sifflent : nous valons
Les aiglons.

Vénus ! on a pris ta ceinture,
On a rasé ta chevelure
Et l'esprit chauve s'en est fait
Un toupet.

*Tu n'as plus, pauvre **Poésie**!*

Que du pain noir pour ambroisie,
De l'eau pour nectar ou du lait
Très-clair trait.

Des tailleurs bourgeois à la mode
Déchirent la toge, la robe,
Les chlamydes et les pourpoints
Dans leurs coins.

Les passions en crinoline
Ont des fleurs, mais pas de poitrine;
Le cœur au front de vanité
Est monté.

Plus de rires, de pleurs énormes,
Des mots, des termes et des formes.
Les rats sur l'olympe escarpé
Ont grimpé.

Hermaphrodite sur la scène,
La Chance est la fatale reine
Qui commande aux mâles esprits
D'être assis.

Mais les vertiges ont leurs termes ;
O croyants! soyons toujours fermes,
Ne parlons plus de nos douleurs
De penseurs.

Nous préparons le sacrifice.
Et quoique la gloire en hospice
Change son temple, où sont reçus
Les émus ,

Le front haut sous l'indifférence,
Plantons notre idée à l'avance
Dans un tas de cœurs secs, et sur
L'esprit dur.

Les huit premières livraisons de l'œuvre d'Abel Jannet seront publiées au mois d'août prochain, chez Taride, galerie de l'Odéon. — Elles contiennent :

MOLIÈRE EN MÉNAGE, comédie en un acte. — Première représentation le 11 novembre 1855.

UNE NUIT D'HÉG. MOREAU, scène dramatique. — Première représentation le 1er janvier 1856.

LA DERNIÈRE LARME DU TINTORET, sc. dram. (16 mars 1856).

POÉSIE de 15 à 21 ans.

ARTISTE ET RENÉGAT, comédie en cinq actes. — Première représentation le 16 juillet 1857. — FRAGMENTS.

LE REPAS DE SATAN.

LES PARFUMS DE LA FAMILLE (première partie).

LES PATRIOTIQUES (odes, iambes, satires). — MÉLOÉ (poëme).

LE BAISER DE JUDAS, drame.

LES PARFUMS DE LA FAMILLE (seconde partie).

Imprimé par ARDANT JEUNE, place Marengo, 33, à Angoulême.

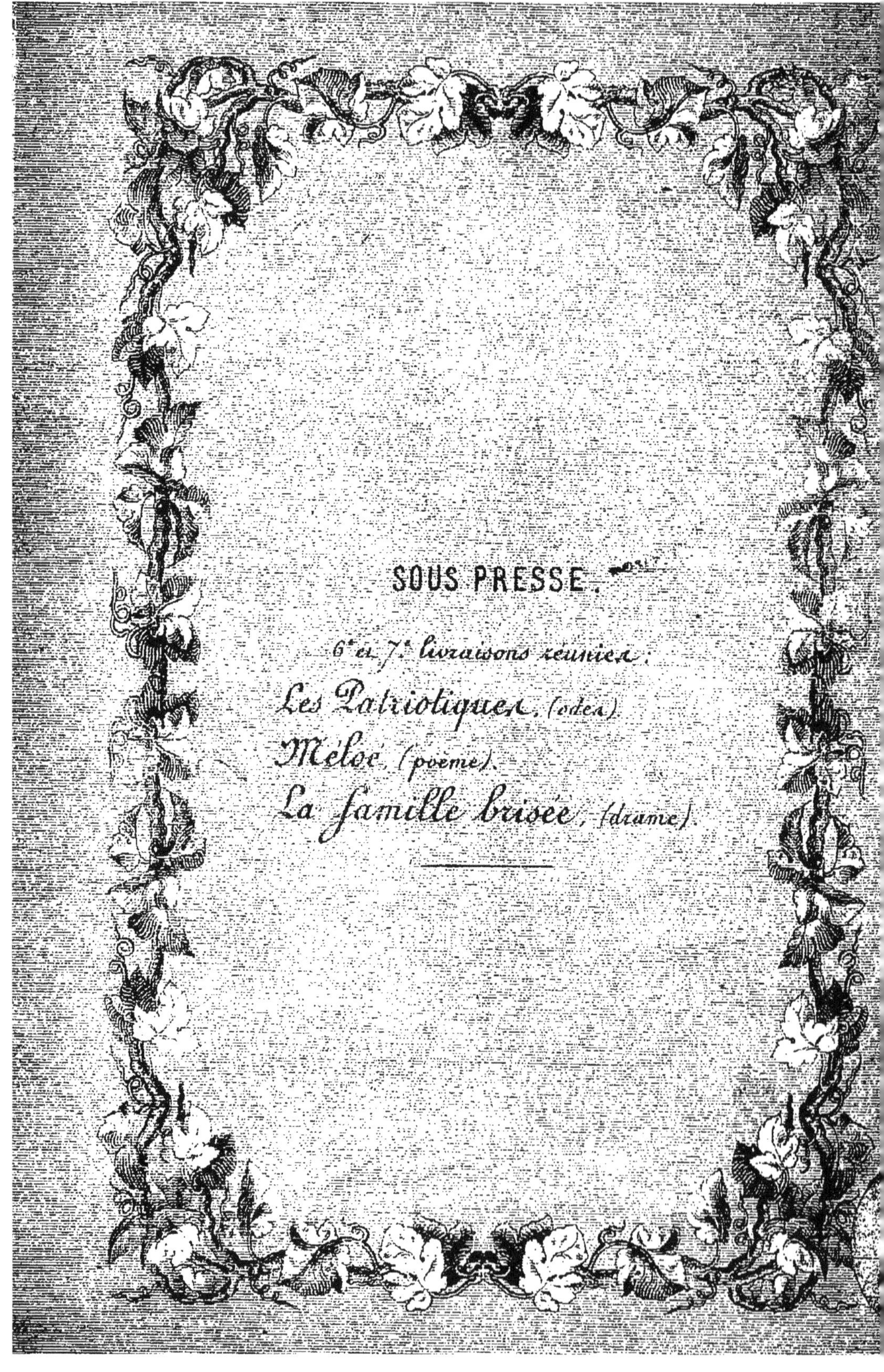

SOUS PRESSE.

6e et 7e livraisons réunies :

Les Patriotiques, (odes).

Méloé, (poëme).

La famille brisée, (drame).

www.ingramcontent.com/pod-product-compliance
Ingram Content Group UK Ltd.
Pitfield, Milton Keynes, MK11 3LW, UK
UKHW020319220726
13923UKWH00003B/1249